DENI

« Tranche de vie médicale en consultation »

Docteur Patrice GROS

Dans la mythologie grecque, **Asclépios** (en grec ancien Ἀσκληπιός / *Asklêpiós*. **Esculape** est le nom dans la mythologie latine du dieu grec, en latin *Aesculapius*. Il est dans l'épopée homérique un héros thessalien puis, à l'époque classique, le dieu gréco-romain de la médecine. Fils d' Apollon, il meurt foudroyé par Zeus pour avoir ressuscité les morts, avant d'être placé dans le ciel sous la forme de la constellation du Serpentaire.

Son attribut principal est le bâton, autour duquel s'enroule un serpent, symbole de la médecine.

Comment définir le déni ?

Refus inconscient d'admettre une réalité insupportable. Ce mécanisme consiste, par exemple, à considérer une mauvaise nouvelle comme si elle n'existait pas (diagnostic d'une maladie, annonce de l'échec d'un traitement, etc.).
A l'inverse de l'anosognosie, trouble neuropsychologique qui fait qu'un patient atteint d'une maladie ou d'un handicap ne semble pas avoir conscience de sa condition.

Le médecin généraliste est un médecin qui a choisi la spécialité de **médecine générale**.
Il se consacre à toutes les maladies et pathologies humaines dans leur ensemble sans en avoir choisi une en particulier.

Je ne suis pas cardiologue, je ne suis pas pneumologue, je ne suis pas pédiatre ni gériatre, ni rhumatologue, ni psychiatre ; je ne suis pas dermatologue ni ophtalmologue, ni gynécologue…. Non, mais il me faut toutes ces compétences pour exercer le savoir, le savoir-faire et le savoir être de ma spécialité.

L'écoute, la synthèse et la réactivité doivent être nos qualités suprêmes pour exercer cette merveilleuse spécialité qui est la nôtre, la médecine générale. Elle se conjugue en médecin traitant ou médecin de famille.

 Les caractéristiques de la discipline de la médecine générale-médecine de famille selon la définition de l'organisation mondiale de la santé, reprise par l'association européenne de la discipline sont multiples et précises à la fois :

- Elle est habituellement le premier contact avec le système de soins, permettant un accès ouvert et non limité aux usagers, prenant en compte tous les problèmes de santé, indépendamment de l'âge, du sexe, ou de toutes autres caractéristiques de la personne concernée.

- Elle utilise de façon efficiente les ressources du système de santé par la coordination des soins, le travail avec les autres professionnels de soins primaires et la gestion du recours aux autres spécialités, se plaçant si nécessaire en défenseur du patient.

- Elle développe une approche centrée sur la personne dans ses dimensions individuelles, familiales, et communautaires.

- Elle utilise un mode de consultation spécifique qui construit dans la durée une relation médecin-patient basée sur une communication appropriée.

- Elle a la responsabilité d'assurer des soins continus et longitudinaux, selon les besoins du patient.

- Elle base sa démarche décisionnelle spécifique sur la prévalence et l'incidence des maladies en soins primaires.

- Elle gère simultanément les problèmes de santé aigus et chroniques de chaque patient.

- Elle intervient à un stade précoce et indifférencié du développement des maladies, qui pourraient éventuellement requérir une intervention rapide.

 - Elle favorise la promotion et l'éducation pour la santé par une intervention appropriée et efficace.

- Elle a une responsabilité spécifique de santé publique dans la communauté.

- Elle répond aux problèmes de santé dans leurs dimensions physiques, psychologiques, sociales, culturelles et existentielles. »

Cette globalité de la prise en charge dans notre exercice représente la véritable spécificité de notre spécialité.

Le premier recours est notre fierté, il s'exerce dans un océan de prise en charge globale, de suivi, de dépistage et de conseils physiques, de conseils diététiques mais aussi de façon beaucoup plus délicate de conseils de vie tout simplement.

Il a fallu de nombreuses années de militantisme et de démarches au sein des différentes instances professionnelles et politiques pour obtenir cette spécificité et la création d'un troisième cycle de formation à la médecine générale.

La spécialité en médecine générale est un état de fait définitif et reconnu comme tel. L'étudiant arrivé à la fin du second cycle des études de médecine choisi sa spécialité en troisième cycle, il s'agit d'un choix délibéré.

J'ai eu l'immense chance de suivre mes études de médecine à la faculté de Paris-Descartes, UFR prestigieux contenant en particulier les hôpitaux Broussais (devenu l'hôpital Georges Pompidou) et l'Hôtel-Dieu sur le parvis de Notre-Dame de Paris.

J'ai exercé à Dijon pendant environ dix-sept années puis je suis venu m'installer à la Réunion, plus exactement dans les hauts de l'île surplombant la côte ouest. Loin des contraintes urbaines, la pratique de la médecine générale est plus chaleureuse, le contact est facile et les patients ont encore un grand respect pour notre profession.

Florebo quocumque ferar est la devise de la Réunion, elle peut être traduite par « Je fleurirai partout où je serai portée ».

Ce matin, je me sens bien physiquement et psychologiquement. Dehors il fait très beau, le soleil brille sur la Réunion (le soleil pète, comme disent les créoles) et l'océan indien est bleu azur tout horizon.

Mon cabinet de consultation se situe au sein du centre médical du Guillaume où j'exerce. Nous sommes trois médecins généralistes non associés, un cabinet de plusieurs infirmières, un cabinet de chirurgie dentaire, un cabinet avec deux ou trois kinésithérapeutes, une pharmacie, une podologue et deux orthophonistes.

Je me rends simplement vers ma consultation, de bonne humeur, sans contrainte, sans rendez-vous, au gré de mes patients…l'un pour le renouvellement de son traitement…un autre pour le résultat de ses analyses ou de ses examens radiologiques...un autre pour un syndrome viral ou une petite plaie de jardinage et une vaccination...et chacun bien sûr espérant échanger sur les derniers événements de l'actualité ou météorologiques. Contrairement aux idées reçues pas de pratique du « ladilafé » au cabinet sauf peut-être en salle d'attente ce substantif est-il pratiqué.

J'arrive au cabinet, les patients me saluent, de nouvelles têtes, sans doute de passage, paraissent impatientes ou peut-être angoissées...bref le quotidien.

Mon bureau et ma salle d'examen sont ensoleillés et sentent les produits d'entretien utilisés ce matin...la femme de ménage m'a laissé une note sur mon bureau, et j'ai du mal à la déchiffrer...sans doute quelques produits d'entretien à renouveler.

J'allume l'ordinateur et les lecteurs de cartes...Il est loin le temps où le médecin possédait seulement un dossier papier, un bloc d'ordonnance et un stylo. Ce progrès a été acquis rapidement dès 1995 grâce à l'essor efficace des logiciels médicaux. L'apparition du tiers payant avec la généralisation de la carte vitale et des mutuelles compatibles ont chamboulé en le simplifiant notre exercice pour la part administrative.

Je télécharge les résultats biologiques de la nuit, je vérifie qu'ils ne m'annoncent pas d'urgence... le téléphone sonne...un patient s'assure que je suis bien là, qu'il ne s'agit pas d'un remplaçant ou d'une remplaçante...nous échangeons quelques amabilités sincères qui font plaisir et amplifient ma bonne humeur.

J'ouvre ma salle d'attente. Tout en pratiquant un échange de salutations, d'un regard je balaye les présences et je me rassure, mes patients sont souriants. L'œil averti du médecin, connaissant bien ses patients et les comportements humains dans la maladie peut déceler une urgence grâce à un simple regard. Il faut dire que le début de matinée, c'est l'heure des patients qui se lèvent tôt. Ils aiment se présenter dans les premiers, souvent ils descendent à pied depuis les hauts de l'île. Ce qui représente parfois pour certains une marche importante. Après la consultation chez le médecin, ils vont chez le pharmacien. Ils font ensuite un passage à l'église ou simplement sur le parvis où ils prennent un petit repas (apporté ou acheté chez le boulanger du village) en attendant l'heure de leur club du troisième âge. C'est l'occasion de se rencontrer et de programmer les prochaines sorties dansantes ou une visite culturelle. Les parties de dominos sont pour eux l'occasion d'échanger avec leurs amis.

Les consultations se déroulent au fil de la matinée... les échanges verbaux et les rires ponctuent l'ambiance de la salle d'attente. Tout ceci est « bon enfant » et facilite le rapport patient-médecin qui doit se dérouler dans la bonne humeur.

La matinée est déjà bien avancée, je me dirige à nouveau vers la salle d'attente pour faire entrer le patient suivant...là, je constate deux jeunes femmes qui viennent d'arriver ; elles m'interpellent. La plus jeune est assise, son visage est crispé, manifestement elle souffre. Sa grande sœur est debout à coté et elle la soutient.

Je connais bien ces deux jeunes femmes, je soigne leurs parents, mais aussi leurs oncles et tantes depuis de nombreuses années. L'importance en médecine générale de connaitre la famille et l'environnement est une donnée essentielle. Ceci favorise notre mission de prévention et notre compréhension du biotope ou plus exactement de la biocénose.

L'ainée est mère de famille ; ce matin elle accompagne sa plus jeune sœur pour des douleurs abdominales intenses, me dit-elle.

Je ne connais aucun antécédent particulier pour cette jeune fille en dehors bien sûr de ses vaccinations ; son suivi pédiatrique a été banal ; en dehors de cela, elle a consulté parfois pour quelques agressions virales saisonnières et sans gravité.

Bien entendu, c'est tout naturellement que les autres patients ont accepté de laisser passer leur tour pour cette jeune fille.

Elle entre dans ma salle d'examen, soutenue par sa sœur, pliée comme une patiente atteinte de chikungunya.

Lors de cette fameuse épidémie, les patients, qui pouvaient se déplacer au cabinet, arrivaient en effet pliés en deux s'appuyant difficilement sur leurs jambes tant les douleurs articulaires étaient intenses. Cette virose a été pour nous à la Réunion un combat de chaque instant pendant plusieurs mois. Nous avons travaillé en symbiose avec les chercheurs et nous avons obtenu d'excellents résultats sur la compréhension de ce virus et des pathologies engendrées.

Alors que je l'aide à allonger sa sœur sur ma table d'examen, l'aînée me dit « Docteur, il s'agit d'une crise de constipation !»

Je ne suis jamais enclin à me précipiter sur un diagnostic suggéré, même si comme je le pense cette patiente que je connais depuis son enfance et dont j'ai suivi les grossesses, est quelqu'un dont les remarques sont en général pertinentes.

Sa jeune sœur se tord de douleur sur ma table, son visage est toujours crispé, elle est angoissée. Elle ne parle pas, elle se tient l'abdomen avec ses deux mains.

Une telle souffrance m'impose à confirmer la suspicion d'un orage abdominal.

Il est inutile d'approfondir pour l'instant un interrogatoire qui prolongerait la souffrance de cette jeune patiente.

Nous la déshabillons légèrement pour examiner cet abdomen hyperalgique…elle m'empêche avec ses mains de l'examiner.

L'aspect visuel de son abdomen est sans particularité…La palpation en revanche évoque facilement une volumineuse masse abdominale. Voici l'objet de cet orage abdominal et de ses douleurs.

Cette jeune femme sans antécédent connu qui présente une telle masse abdominale soulève dans ma tête de grosses inquiétudes. Cela pourrait-être une tumeur bénigne tel un volumineux kyste ovarien comme je l'ai vu parfois, ou pire, une tumeur maligne colique comme celle dont une de mes jeunes patientes a été victime et qui malheureusement n'a pas pu gagner le combat.

Je reprends rapidement mes esprits et mon examen clinique.

L'histoire de cette jeune femme ne l'évoque pas mais pour me rassurer je lui demande si elle est enceinte…La réponse est immédiate et sans appel « non docteur » dit-elle entre deux gémissements de douleur, d'ailleurs le regard d'incompréhension de sa sœur m'interdit d'insister sur ce propos.

Je continue de palper cet abdomen avec conviction, j'évalue la taille de cette masse avec mon centimètre…et avant d'envisager tout geste de soulagement et d'aide complémentaire au diagnostic, je saisis mon doppler dont j'étale le gel sur la paroi abdominale ; puis je glisse sur la peau la sonde à la recherche d'un battement ou d'un souffle révélant la présence d'une tumeur d'origine vasculaire (dilatation d'une grosse artère comme l'aorte par exemple) situation à haut risque de rupture cataclysmique. Mais cette patiente est vraiment très jeune pour présenter une pathologie aussi lourde.

La réponse n'a pas tardé, le rythme cardiaque émis par le doppler n'est pas celui de cette jeune femme, mais il s'agit bien d'un rythme cardiaque d'allure fœtale. Les battements cardiaques d'un fœtus sont très rapides à l'allure d'un galop, excluant toute confusion avec le rythme cardiaque maternel, audible également avec le doppler abdominal.

Mademoiselle, je me permets d'insister, vous êtes enceinte...et vos douleurs correspondent aux contractions qui témoignent de la mise en route du processus qui aboutira à votre accouchement.

Mais ma jeune patiente est catégorique, elle m'assure ne pas être enceinte !!!

Je croise le regard médusé et incrédule de sa sœur et je lui confirme qu'elle va accoucher dans les minutes qui viennent.

Je décide d'évaluer le stade du travail pour cet accouchement, tout en demandant d'appeler les urgences pour un transfert immédiat à la maternité avec ambulance équipée d'une couveuse et d'un médecin à bord.

J'installe ma future parturiente en position gynécologique, le diagnostic est sans appel, je constate un col d'utérus à dilation complète, l'accouchement est en cours ! Je distingue parfaitement les cheveux du nourrisson, heureusement tout se présente bien chez cette jeune primipare......Me voici en situation pour accoucher cette jeune femme dans mon cabinet...J'avais bien sûr déjà pratiqué des accouchements, en particulier pendant ma formation en maternité. Le dernier accouchement, je l'ai pratiqué il y a quelques mois, au domicile des parents d'une jeune patiente aussi, cette fois la maman m'avait bien aidé.

Fort de cette modeste expérience, je demande une troisième main pour m'aider. Je prépare ma boîte stérile destinée à l'accouchement que tout médecin doit avoir avec lui.

La troisième main arrive…toute chamboulée par l'émotion…il s'agit de l'infirmière, ma voisine, qui s'exclame n'avoir jamais assisté à un accouchement…très heureuse de cette occasion qui lui est offerte. Je me rassure de cette présence qui pourrait être bienvenue en cas de complication.

J'imagine l'émotion et les chuchotements dans la salle d'attente.

Il n'y a aucune chance que le médecin des urgences (qui n'a sans doute jamais pratiqué d'accouchement), n'arrive avant la naissance au stade où le travail est engagé ! D'ailleurs il a plus de dix kilomètres de montagne à parcourir pour venir me rejoindre.

Impossible de compter sur la grande sœur pour aider, paniquée, elle est accrochée à son téléphone portable pour informer sa famille, j'imagine aussi la surprise de la maman, c'est-à-dire la future grand-mère.

Alors que notre patiente subit les salves de contractions de plus en plus rapprochées, je m'installe, près à l'accompagner dans son travail…elle n'oublie pas de continuer à nier cette grossesse…je la sens perturbée et très sincère…elle n'a pas semble-t-il été surprise par la perte des eaux qui a du se produire cette nuit.

Il s'agit bien d'un véritable déni de grossesse et c'est la première fois que je suis confronté à ce diagnostic difficile à admettre pour les uns et les autres.

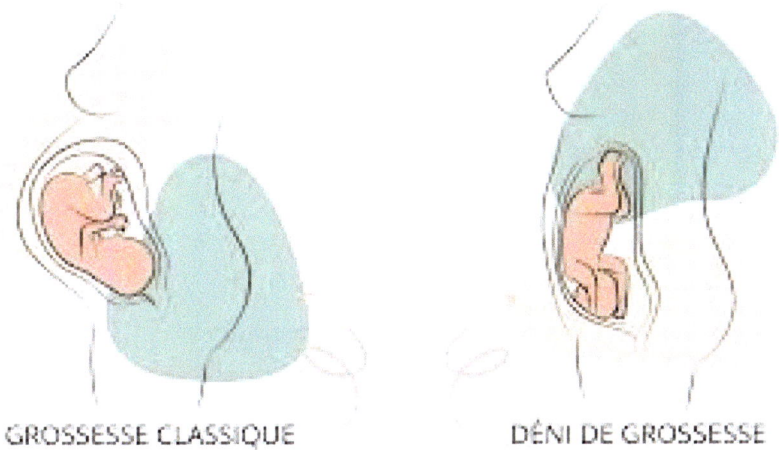

GROSSESSE CLASSIQUE   DÉNI DE GROSSESSE

Le déni de grossesse est le comportement de négation du fait d'être enceinte ; les changements liés à la grossesse sont biologiquement réduits ou incorrectement perçus. C'est une grossesse qui évolue à l'insu de la femme ; elle ne sent pas et ne sait pas qu'elle est enceinte.

L'entourage de ces femmes est lui aussi bluffé, la grossesse n'est pas visible et peut ainsi se dérouler de façon totalement autonome. Ceci est mal compris et même souvent rejeté par le quidam.

Malgré son incrédulité, j'ai dû convaincre ma jeune patiente de m'écouter, et de me faire confiance pour que tout se passe bien…ses yeux plein de larmes me donnent leur accord…

Je lui demande pendant quelques minutes de ne plus pousser au moment des contractions pour qu'elle se repose un peu, puis quand j'ai estimé la tête du nourrisson très engagée, alors je lui ai demandé de pousser de toutes ses forces à l'arrivée de la contraction…

Alors là ce fut extraordinaire……Le nourrisson est arrivé dans mes mains en une seule éjection …pour une primipare, elle a expulsé son enfant, pardonnez-moi l'expression, comme on expulse un suppositoire ! Je n'ai jamais vu un accouchement aussi facile…C'est incroyable à vivre et à réaliser…

A mon tour d'être ému, le nourrisson crie immédiatement …c'est un garçon … il est superbe ; je confie ce joli bébé à la jeune maman après avoir coupé le cordon ombilical.

Ma jeune patiente ne souffre plus ; elle regarde son bébé, interrogative avec un premier geste de recul.

Sa sœur, l'infirmière et moi, nous nous employons à l'aider dans la reconnaissance de sa progéniture…puis elle nous sourit, je crois que c'est gagné, le couple mère-nourrisson vient de se créer.

J'effectue un peu plus tard la délivrance…le téléphone sonne…le SAMU me demande où j'en suis…je les rassure….

La couveuse arrive …puis tout ce petit monde est parti vers la maternité en ambulance en traversant ma salle d'attente surprise et émerveillée à la fois.

Je reste debout dans mon cabinet un long moment comme s'il était dommage que cet accouchement soit déjà terminé…Le soleil pète toujours aussi fort à travers la vitre ; je nettoie consciencieusement les traces de l'arrivée à la vie de ce petit garçon tout en étant finalement fier de moi.

Je reprends mes consultations, mes patients sont interrogatifs et admiratifs d'avoir vécu ce moment près de moi et ils ne manquent pas de me féliciter.

Je me dis que la vie est très forte…cette naissance dans mon cabinet était peut-être un signe du destin ; alors que quelques semaines auparavant, au même endroit, je constatais le décès à son arrivée sur ma table d'examen d'une ancienne et très fidèle patiente…ce décès m'avait particulièrement bouleversé et j'en suis resté perturbé plusieurs semaines.

Ce petit garçon, nommé Medhy, a grandi et j'ai suivi sa croissance régulièrement au fil des mois et des années.

 A chaque consultation et à son arrivée dans la salle d'examen, il ouvrait grand les yeux sur mes murs et les objets alentours…comme émerveillé, c'était comme s'il se sentait chez lui…pour venir me consulter, il ne pleurait pas comme beaucoup d'autres enfants, au contraire, il venait toujours le sourire aux lèvres.

Medhy a désormais un petit frère et cette fois sa maman a eu une grossesse assumée et désirée.

« Carpe diem, quam minimum credula postero. »

« La vie est courte, l'art est long, l'occasion fugitive,
l'expérience trompeuse, le jugement difficile. »
Hippocrate, père de la médecine.

Auteur

Médecin généraliste, j'ai exercé à plein temps durant une quarantaine d'années, jour et nuit, reconnu spécialiste en médecine générale, médecin de famille, dit également médecin traitant.

Un vécu et une pratique très enrichissants ; c'est une magnifique opportunité de présenter cette tranche de vie dans cette nouvelle.

Déjà publié aux mêmes éditions =

- Le médecin traitant et le dossier médical – pivot du système de soins 2017

- Défi : Autobiographie 2023

© 2024 Patrice GROS
Édition : BoD - Books on Demand, info@bod.fr
Impression : BoD - Books on Demand, In de Tarpen 42, Norderstedt
(Allemagne)
Impression à la demande
ISBN : 978-2-3221-0459-8
Dépôt légal : février 2018